Comme aux premiers matins du monde

ISBN 978288341 1906

Ce livre est édité à l'occasion de l'exposition «La ronde des animaux»
à la Médiathèque Valais - Martigny, 2009

Il est publié avec le soutien de la Loterie Romande
et du Conseil de la culture du canton du Valais.

© Georges Laurent pour les photographies
© Champ visuel pour la présente édition
Tous droits réservés pour tous les pays

Comme aux premiers matins du monde

Photographies de Georges Laurent

Légendes de Maurice Chappaz

Introduction de Jean-Henry Papilloud

Postface de Georges Laurent

Collection Champ visuel • Editions Monographic Sierre • Médiathèque Valais - Martigny

L'œil et la plume

«Ils étaient trois pèlerins qui s'en allaient à l'aventure.» La légende de Maurice Chappaz pour une photographie de chamois de Georges Laurent pourrait aussi s'appliquer à celle des trois hiboux prise dans des circonstances étonnantes.

Dans la «Visite aux hiboux», publiée dans *Treize Etoiles* d'août 1968, l'écrivain, déjà célèbre, relate sa rencontre avec le photographe dont il ne cite pas le nom. Ils se connaissent à peine. Grâce aux rois de la nuit, ils ont pour la première fois l'occasion de se comprendre et de partager quelques utopies sur le monde et la nature.

Cela se passe dans une vieille maison de Martigny-Bourg. «Hauts les murs, c'est-à-dire aussi hauts les cœurs! Il y a de la place pour respirer», observe l'un. «J'ai préféré ça à un clapier moderne», murmure l'autre. Et Chappaz de poursuivre: «Mon compagnon, photographe d'animaux sauvages et typographe, et moi (et cela s'enchaîne) écrivain, quand même un peu vigneron (donc plantes, bêtes, écriture), nous sommes d'accord.»

Ils boivent à la santé de Martin Luther King et de Che Guevara, dont les portraits ornent une porte d'armoire. Mais ils ne sont pas là pour ça: «il faut que nous montions enfin vers les hiboux. Mon compagnon m'explique que ce sont des moyens-ducs [...] Mais j'entends quelques sifflements doux et aigus. Nous sommes sous les combles d'une vieille maison qui n'a pas abdiqué. Nous poussons encore un loquet. Et voici les trois, les quatre perchés sur une poutre. Mon ami les cueille l'un après l'autre d'une poigne sûre. Une prise de judo sur les hiboux! Mais étonnants! Je n'arrive pas tout de suite à les observer: je suis moi-même pris par leurs yeux. Une pupille qui pointe bleuâtre et tout autour un cercle de pollen, un anneau lumineux, jaune safran. Ils ont peur. Ils battent les paupières. L'autre surprise, c'est leur vol entièrement silencieux. On dirait des papillons de nuit. Le grenier est étroit mais une sensation d'espace m'emplit.»

Hiboux moyens-ducs, Mont-Chemin

«Leur protecteur les prend, les lâche, et chaque fois c'est la tranche de velours. Un ange passe, non un hibou passe. Je les examine de plus près. Leur bec ne mord pas mais les serres coupent comme des canifs. J'ai toujours établi une relation entre les hiboux et les notaires. Ils tiennent bien ce qu'ils attrapent! Leur ventre émotif se gonfle et l'aigrette se dresse un tantinet féroce. Mais surtout ce sont des notaires visionnaires. Tout est organisé autour du regard. La grande nuit est en eux, au centre de leurs plumes roussâtres.
Et quelle ouïe chez les locataires de l'ombre!»
Comment ont-ils atterri là? Ils ont été trouvés sur un arbre abattu dans la forêt du Mont-Chemin, entre Charrat et Le Guercet. Apportés par les bûcherons à Georges Laurent, déjà connu pour son amour des bêtes sauvages, ils ont été élevés «avec bonhomie dans cette maison et maintenant on va les rendre au Mont et aux fines ténèbres.»
Et l'écrivain accompagne le photographe dans cette libération qui est aussi une séparation avec tout ce que cela comporte de sentiments contradictoires. Le paysage est au diapason: «Je n'ai jamais vu Martigny plus belle. Tous ses vergers sont rebroussés par le vent et griffonnés par la pluie. Les nuages collent au ciel. La meunière coule barbouillée d'encre.»
Ils longent le cimetière. «Mes souvenirs d'enfant se réveillent», note Chappaz. Au pied de la forêt du Mont-Chemin, le photographe lâche les hiboux, qui vont se poser sur une branche de mélèze. Etonnés, ils regardent les hommes, comme s'ils ne comprenaient pas. «Allez, les notaires mystérieux!» leur lance l'écrivain. «Adieu», pense le photographe. Et il prend un dernier cliché de ces pèlerins qui s'en vont à l'aventure…
Pour les hiboux, c'est le commencement d'une nouvelle vie. On n'en saura plus jamais rien. Pour leurs protecteurs, c'est le début d'une de ces amitiés qui ne finissent qu'avec la mort.

Maurice Chappaz est déjà sur le devant de la scène valaisanne. Il est en train de préparer *Le match Valais-Judée*. Le livre fera couler beaucoup d'encre, dont celle de René-Pierre Bille qui confie à «son cher ami» Georges Laurent, le 12 novembre 1968: «J'ai terminé cet après-midi *Le match Valais-Judée* et à bien peser les dangers que court Chappaz après cette ‹empoignade›, je pense que juridiquement parlant, ils sont minimes ou plus ou moins inexistants pour la bonne raison que toute l'œuvre est véritablement une ‹création littéraire›, une transposition révélant davantage la nature secrète et complexe de son auteur qu'autre chose. Par instant, on a nettement l'impression que c'est écrit dans un ‹état second› et c'est alors les meilleures pages [...] Peu d'écrivains à l'heure actuelle écrivent de cette manière – beaucoup de lecteurs seront déconcertés – et cependant j'admire la verve, les images fulgurantes, le trait sarcastique, l'humour sans cesse présent, un humour très particulier, parfois féroce, ni noir ni blanc, mais en demi-teinte et surtout ce ton prophétique, pour ne pas dire messianique du livre.»
Voilà qui interpelle. Comment Georges Laurent est-il entré dans le cercle, relativement fermé, de la famille Bille-Chappaz? Et d'abord, qui est-il?
Georges Laurent est né en 1934 à Martigny-Bourg. A dix-sept ans, il est engagé comme apprenti compositeur typographe dans une imprimerie de la ville. Diplômé à une époque où tout se compose et se monte encore à la main, il reste dans l'entreprise pendant quarante-six ans. Il y fait de la mise en pages de journaux, de prospectus et de livres. Avec une certaine passion. Mais il éprouve le besoin impérieux de soulever, le temps du week-end, la chape de plomb de l'atelier de composition. Toujours attiré par les hauteurs, il s'évade en montagne pour étancher sa soif de liberté et d'air pur. «C'est une soupape de sécurité» confie-t-il à Roger d'Ivernois du *Journal de Genève* (29 avril 1976). Ces départs ne vont pas sans une certaine inconscience. Il part seul, sans dire où, car, en franchissant la porte de la maison, il n'en sait parfois rien lui-même. Et là où il

marche, à côté des traces d'animaux, il n'y a que les siennes. Ce n'est pourtant pas un alpiniste chevronné. Loin de là, mais il prend parfois quelques risques pour observer et photographier un nid d'aigle en descendant au bout de cent vingt mètres de corde, comme c'est le cas dans une falaise du Catogne.

En fréquentant la faune alpine, il se rend compte rapidement que la photographie exige des conditions techniques particulières. En 1964, brisant sa tirelire, il se dote d'un appareil japonais à objectifs interchangeables pour l'équivalent d'un mois et demi de salaire. Puis il achète un téléobjectif de 400 mm qu'il munit d'une crosse afin de l'utiliser sans trépied.

Il publie bientôt des photographies et fait paraître des articles qu'il signe d'un modeste *Lr*. Ainsi, dans *Construire* du 6 décembre 1967, il consacre un long article illustré à René-Pierre Bille, chasseur sans fusil. Avec le photographe et cinéaste animalier de Sierre, l'entente est immédiate.

Les deux passionnés de nature et de photographie se croisent dans la combe de l'A, en octobre 1967, au moment du rut des cerfs. René-Pierre Bille est tout auréolé de son travail pionnier sur la faune des Alpes et il possède déjà un grand rayonnement médiatique. Georges Laurent, novice, l'admire, mais il a l'avantage de connaître l'endroit comme sa poche. C'est son terrain d'observation privilégié.

Or, la combe de l'A et ses abords sont menacés. Un groupe de promoteurs touristiques et immobiliers veut y étendre son domaine en y installant des infrastructures d'accès et de loisirs. Coup de tonnerre: en avril 1968, un manifeste paraît dans *Treize Etoiles*, la revue des milieux touristiques: «Non, certaines régions ont leur vocation. Respectons la pleine et entière entité de ces régions très particulières […] Ne confondons pas exprès et sans cesse avenir et profit. Nous aurons besoin de bien plus de nature que les épiciers consentent à nous laisser. Il s'agit de sauvegarder certaines merveilles naturelles sans qu'il ne nous reste que des rongeons de Valais.»

Combe de l'A

L'appel est signé par trois personnes: Maurice Chappaz, René-Pierre Bille et Georges Laurent. Un trio qui, dès lors, sera de tous les combats pour défendre, vallée après vallée, montagne après montagne, combe après combe, ce qui reste de coins préservés en Valais. Et tant pis si leur intervention risque d'induire, par la publicité indirecte qu'elle fait, un afflux intempestif de curieux dans les endroits à protéger!
L'essentiel est de sauver ce qui peut l'être encore. Pour cela, Georges Laurent monte au créneau. Dans *Treize Etoiles* de mars 1972, il lance son «Plaidoyer pour une utopie» qui donne une vision de sa démarche et un sens à son travail d'observation de la nature. L'argumentation n'est pas nostalgique: «Je sais qu'en cette époque vouée à tous les bouleversements, le principal critère des activités humaines est celui de la rentabilité. Je sais qu'en face d'un environnement naturel en peau de chagrin, le gros sou tient souvent lieu d'idéal. Je sais que le bonheur suprême est de posséder et de dominer. Que le rêve ne s'accroche plus à une étoile, mais au fer, au béton, à l'alignement, à l'exploitation rentable. Que l'avenir se scrute en laboratoire, que les leçons du passé sont demandées au cerveau électronique, que notre planète est déjà planifiée de long en large, partagée, soumise à la future loi des dirigeants de ce monde. Mais qu'importe! Il me reste l'utopie, pour échapper à ce bouleversement. Il me reste aussi et surtout la certitude que, dans mon pays, des hommes veulent demeurer hommes, se servir de leurs propres jambes pour marcher, de leurs yeux pour voir, de leur cœur pour aimer, de leur imagination pour s'évader. Des hommes qui ne demandent pas grand-chose pour leur bonheur: l'éclat d'une fleur, le calme d'une forêt, le spectacle d'animaux s'ébattant en liberté. C'est pour eux que je plaide pour une utopie: celle de quelques hectares par-ci par-là, où la nature conserverait toute son intégrité. Où nulle route ne conduirait, où l'on ne pourrait ni construire, ni capter une source, ni cueillir

les plantes, ni chasser les animaux. Où l'on se passerait de la lampe électrique, si c'est ce prix qu'il faudrait payer pour que le torrent continue à cascader sur la pente…
Une utopie, car qui pourrait, sans se désigner à la vindicte publique, empêcher de construire, de tracer des routes, d'installer des téléfériques lorsque la beauté du paysage à soumettre au développement constitue avant tout une source de gain? Une utopie, car je parle de sources de joies et l'on ne s'entend plus…
Pourtant, ces réserves intégrales encore possibles aujourd'hui pourraient à tout le moins servir de témoins d'une époque où les poumons aspiraient directement l'air nécessaire à la vie; où le soulier du promeneur s'appuyait encore sur de l'herbe, de la terre ou du caillou; où il n'était pas besoin de projeter de vieux films pour admirer un arbre en fleurs, une goutte de rosée ou un rayon de soleil irradiant les rameaux d'un mélèze. Où l'on ne parlait pas au passé, avec un regret de circonstance dans le soupir, du cerf, du chamois, du chevreuil, du lagopède comme on évoque aujourd'hui le temps des cèdres du Liban, du lynx ou du dernier ours. Je plaide pour cette utopie… qui n'en sera plus une lorsque l'on aura compris que notre tourisme dépendra toujours de ce que nous avons de mieux à offrir que les autres. Et que ce mieux peut très bien devenir, plus vite qu'on le pense, le mètre carré d'herbe naturelle, la minute de calme ou le litre d'air pur…»
Parmi les appuis que reçoit le photographe, celui de René-Pierre Bille est particulièrement enthousiaste. Il s'inscrit dans la ligne d'une collaboration amicale. Dès 1967, Bille met Laurent en contact avec des amis, dont Michel Strobino. Il montre ses photographies à des éditeurs, l'introduit dans le milieu des passionnés de la «chasse en images». Il présente en particulier quelques photographies à Samivel qui projette l'édition d'un grand album sur la faune des Alpes. «Samivel, écrit-il à Laurent le 18 mars 1968, a beaucoup admiré vos

photos hier et moi-même je les ai revues avec un immense plaisir […] la photo des deux chamois neigeux avec fond Bavon par moins vingt degrés […] a littéralement ‹époustouflé› Samivel, elle ferait tout son effet dans un format assez grand […]»

Quelques mois plus tard, le retour de photographies non retenues par un éditeur lance les deux amis sur d'autres pistes du côté de l'Angleterre prospectée par Bille et de la France où Laurent a des contacts dans les milieux de la chasse; il les actionne pour illustrer de leurs photos le livre *Chasse de France*.

Commencée en parallèle, la relation entre Maurice Chappaz et Georges Laurent s'épanouit plus tard. En apparence, tout les oppose. Le photographe est grand, élancé, l'écrivain, svelte voire frêle. L'un est taiseux, l'autre éloquent. Mais si l'un transcrit ses impressions en images et l'autre en mots, ils se rejoignent dans un même amour de la nature et dans le besoin impérieux de la connaître, de la comprendre, de la partager et, surtout, de la préserver. Comme ils le soulignent volontiers, ils sont sur la même longueur d'onde.

Lorsqu'il découvre plus en détail le travail de Georges Laurent, «ce suiveur de chamois et d'oiseaux», Maurice Chappaz est fasciné. A la date du mercredi 3 février 1982, à propos d'une pensée qui lui vient au saut du lit, il note dans son *Journal sans retouches*: «Une solidarité étrange nous unit à ceux qui souffrent, à ceux qui ont causé le mal dans l'harmonie de ceux qui ont fait le bien. Pourquoi est-ce que je pense cela? Parce que j'ai passé la soirée chez J. [Georges Laurent] au bourg voisin. Quelle tragédie apaisée aujourd'hui. Il voulait que je voie ses images de la nature. Qui sont remarquables. Mais quelques-unes m'ont frappé parce que pour moi à les regarder il ne s'agit plus de faune, de chamois ou de marmottes mais d'âmes.»

Dès lors, les relations se tissent sur plusieurs trames intimement mêlées: les photographies, les promenades et le sens de la vie.

Catogne

Comme s'il voulait encourager le photographe, timide et réservé, à davantage montrer son travail, Chappaz se propose de lui légender les photographies qu'il désire présenter au public. Ce seront, après les expositions des années 1970, celles du Châble, de Vercorin, d'Isérables… qui font apprécier l'approche de Georges Laurent à sa juste valeur. En effet, à la différence de beaucoup de photographes animaliers qui pratiquent souvent une forme de chasse et collectionnent des portraits d'animaux, Georges Laurent s'efforce de les situer dans leur contexte. Il se préoccupe de leur mode de vie et les replace dans leur environnement. Les légendes de Chappaz contribuent à renforcer ce point de vue.
La complémentarité entre le photographe et l'écrivain est évidemment liée à la complicité extraordinaire qui s'instaure entre eux au fil des ans. Les pulsions irrésistibles de la marche en montagne les prennent en même temps. Point besoin de planifier à l'avance. Un coup de fil suffit: «on va demain à la combe de l'A?»
Et ils partent tous les deux, seuls. Avec le temps, Georges prend soin d'aller au rythme de Maurice, qui est sujet au vertige. Il règle son pas de montagnard sur le sien, court mais infatigable. Avec sa rude délicatesse, il lui ménage des instants de repos sous les prétextes les plus divers: goûter une eau à la source, admirer longuement un paysage, prendre une photographie d'insecte, de montagne, de Maurice. Quand il le voit plonger dans ses rêveries, pudique, il prend un peu d'avance. Et on les verrait, s'ils n'étaient pas dans des endroits isolés, progresser à la même vitesse et comme reliés par une longue corde invisible. Parfois, c'est Chappaz lui-même qui demande un arrêt, une respiration admirative devant un paysage, une fleur: «Georges, prends-moi en photo ici; comme ça je pourrais dire que j'ai vu le printemps!»
Et ils en ont vu des printemps ensemble! Et des automnes aussi. L'autre saison chère à Chappaz. Celle qui voit la sève se retirer de certains arbres qui jettent alors, comme s'ils ne voulaient pas mourir, de grandes flammes vers le ciel.

Plan-Monnay

Au contact de l'écrivain-bohème, l'ancien typographe goûte à la lenteur comme on apprivoise un art de vivre. Il apprend aussi la relativité des choses, le prix de l'indépendance et de la liberté. Ce détachement des contingences lui est utile, dira-t-il, lorsque, après quarante-six ans d'activité de typographe, il perd son emploi pour raisons économiques. A soixante et un ans, il sait qu'il ne retrouvera plus de travail. La première révolte passée, il saisit la chance de cette nouvelle liberté qui lui permet de partir en montagne sans contrainte d'heure, de jour ou de semaine. Tantôt seul, tantôt avec Chappaz, il explore des vallées qu'il avait à peine effleurées au temps de son activité salariée.
Mais qui peut empêcher la terre de tourner et l'hiver d'arriver? Une dernière traversée du Mont-Chemin et c'est le repos forcé. La nature se prépare au long sommeil. Le 12 janvier 2009, Rosemonde et Georges Laurent sont là lors du dernier voyage de Maurice Chappaz dans le monde des vivants: de l'Abbaye du Châble à l'hôpital de Martigny. Le poète destine à ses amis fidèles les dernières lignes qu'il peut encore écrire.
Peu de personnes ont échangé autant de choses et de richesses que Laurent et Chappaz, Georges et Maurice. Mais, ce qu'ils nous donnent en partage dans ce livre, avec l'œil et la plume, peut transporter chacun d'entre nous dans leur monde. S'il le veut bien. Alors, en un clin d'œil, il se retrouvera aux côtés de l'écrivain et du photographe, dans la peau et le cœur d'un de ces trois pèlerins qui s'en allaient à l'aventure…

Derborence, 9-18 mai 2009

Jean-Henry Papilloud

*A Maurice Chappaz,
en souvenir d'une amitié,
des lacs de source
et des mélèzes flamboyants.*

G. L.

Le printemps

Tours de Bavon

Les marmottes sortent
de six mois de léthargie.

Les pattes jouent du violon.

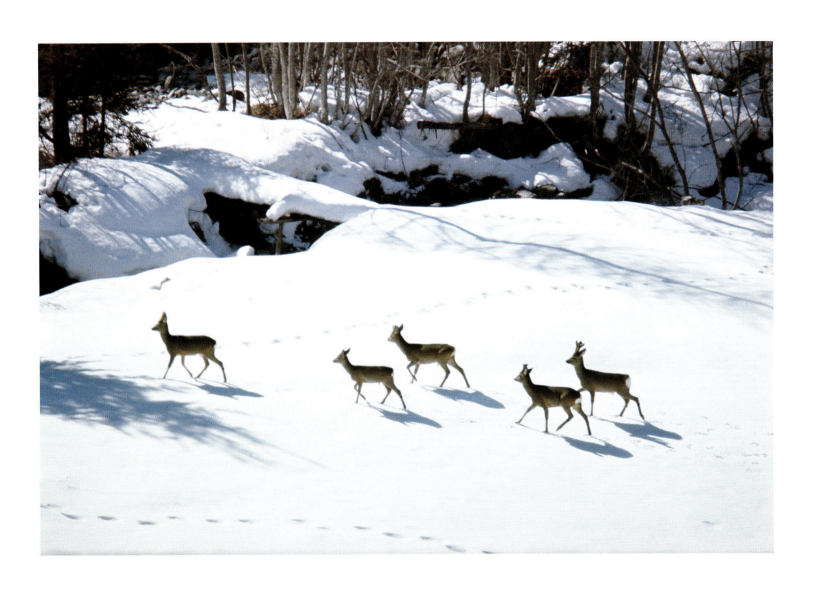

La neige est un grand couturier.

Avant le dégel et la résurrection:
brouillard nocturne au lever du soleil.

La crête du lagopède et les crêtes des lichens
tel un soleil couchant pour les rochers.

C'est un couple dont le plumage varie
sans cesse jusqu'à l'éternité blanche de l'hiver.
Fidèle parmi les fidèles.

Les flocons, les herbes, les plumes:
une identité.

Glace et neige, à leur ombre,
les chalets des bergers
dorment comme les rochers.

Le printemps danse, musique des ailes.

Parade des tétras lyres, val d'Entremont

L'alléluia et l'amour ont été inventés
par le tétras lyre.

C'est un crépusculaire.
Il s'interroge:
«Qui m'a réveillé?»

Le cantique des cantiques:
aux flocons de neige
a succédé la giboulée des crocus.

Le bec pour crépiter
sur les pives des aroles,
ici il attend l'aube.

Bec-croisé des sapins, Mont de l'Arpille

Immobiles et muets
les petits perroquets rouges et verts des sapins
se concertent avant de boire.

Couple de becs-croisés des sapins, Mont-Chemin

Que fais-tu là dans cette gouille ?
Entre les roseaux et l'eau
corps et âme du sizerin flammé.

Les merisiers argentent les forêts.

L'hiver a son orient: le bouvreuil.
Neige et froid l'accompagnent.
Ici il retient en lui sa petite note de flûte:
diuh… ub!

L'œil guette, le bec s'ouvre:
fuite de la neige qui sera la musique de la grive.

Avant l'alarme, avant l'envol.

Geai des chênes, Mont-Chemin

La becquée.

Pic épeiche, Mont-Chemin

Une grande dame chez elle.

Buse variable, Mont d'Ottan

Il a la couleur de l'œuf encore
et une couronne d'épines dans la falaise
est son nid.

Aussi nombreuses dans les villes
que dans les forêts.

Le cerf happe la mousse des branches,
le tas de neige cède sous son poids!
Pendu!
L'instrument de musique de ses os…

Carcasse de cerf, val d'Entremont

Le Paradis?
Les premières minutes de la vie, la rosée,
l'humidité du ventre de la mère.

Rares et uniques:
l'or marié à la steppe.

Merci au printemps!

Faon de chevreuil, val Ferret

L'été

Combe de l'A

Ils goûtent l'aube.

La dernière chute libre…

L'esprit de Dieu plane sur les eaux
sous lesquelles se promène le cincle.

L'eau vierge:
un lac qui est lui-même sa source.

Le plus courageux des êtres sauvages :
il sait ne pas bouger et bondir in extrémis.

Ventre de rouille, chant de source:
l'oiseau des cabanes alpines.

Toujours entre alpages et glaciers
sur les éboulis blasonnés de lichens.

Lever de soleil.
Les neiges de la lumière.

Un petit taureau parmi les oiseaux.

Un pas de danse l'été.

Le brocard surpris :
deux pattes bougent encore.

La souris des arbres.

Prudent et débonnaire.

Le miracle de la sève chez les aroles.

Le casse-noix dit *le mouchard*
chez les chasseurs.

La prairie s'illumine:
le flambé danse et hume.

Les petites mains des notaires.

Marmotte blanche, val de Bagnes

Elle médite...

Ils grognent, ils réfléchissent,
ils marchent dans la nuit.

Dans l'eau comme dans du velours.

L'œil de l'écureuil se laissera-t-il boire?

La cuirasse du chevalier
du Moyen Age.

Aigle royal, val d'Entremont

Notre enfance est là aussi:
timide, implorante, meurtrière.

Magnifique gravure
entre l'abstrait et le concret.
La nature est un peintre.

L'allégresse mâle.

L'automne

Vallée du Trient

Comme aux premiers matins du monde.

Dérangés, deux chamois s'interrogent!

Chamois, val Ferret

Intensité, transparence,
les mélèzes ont bu le ciel.

La tête en bas,
les pattes telles des ancres.

L'aube a rôti sa tête noire
et son chant nous illumine.

Un oiseau solaire.
L'œil aussi aigu que le bec.

L'or et l'argent naturels.

Humble et solaire.

Un paysage comme une âme:
brûlure dorée de la lumière,
douceur du givre, la rosée de l'ombre.

Cruelle et douce.

Surprise,
les oreilles plus attentives que les yeux.

Une survie et une danse:
tel est le sort des cerfs.

L'arc-en-ciel liquide.

Lac Bleu, vallon d'Arolla

Où sont les âmes sœurs?

Au rendez-vous de la biche
la passion bouscule les vernes.

L'ascension des mélèzes.

Le couple tire la langue.

Cerf en rut, val d'Entremont

La plus vivante solitude.

Caprice et plaisir du bond.

Deux passants:
inquiétude, flegme.

Cascades de cornes, de muscles
et de glaces.

Le rocher bouillonne comme l'eau
dans la lumière des mélèzes.

La blancheur sera la loi.

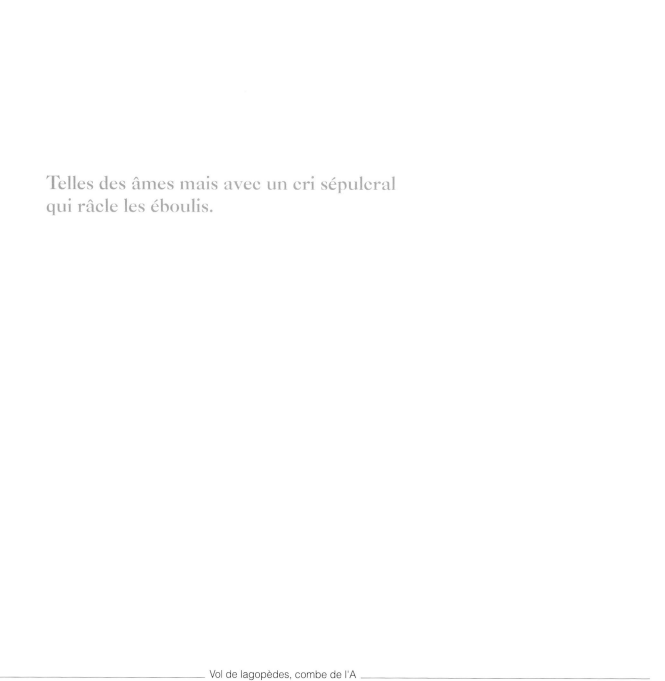

Telles des âmes mais avec un cri sépulcral
qui râcle les éboulis.

Le couvent.

Un astre dans le ciel.

La Dent-Blanche, val d'Hérens

Toutes rémiges ouvertes,
la rapidité et la majesté de l'aigle.
Et une lenteur qui s'impose.

Aigle royal en vol, val de Bagnes

Le boute-en-train des rochers.

Cabri de bouquetin, val de Bagnes

Les oreilles attendent
les grosses chutes de neige
pour blanchir.

Le rut s'achève,
le silence commence.

L'hiver

Mont-Chemin

L'hiver commence.

La première neige annonce
l'été de la Saint-Martin.
Les mélèzes blancs deviendront
les mélèzes roux.

Kreisch… gré…
son cri fait tomber la neige des arbres.

Toute sa seigneurie
est dans le coup d'aile.

Sa silhouette:
celle d'un instrument de musique parfait.

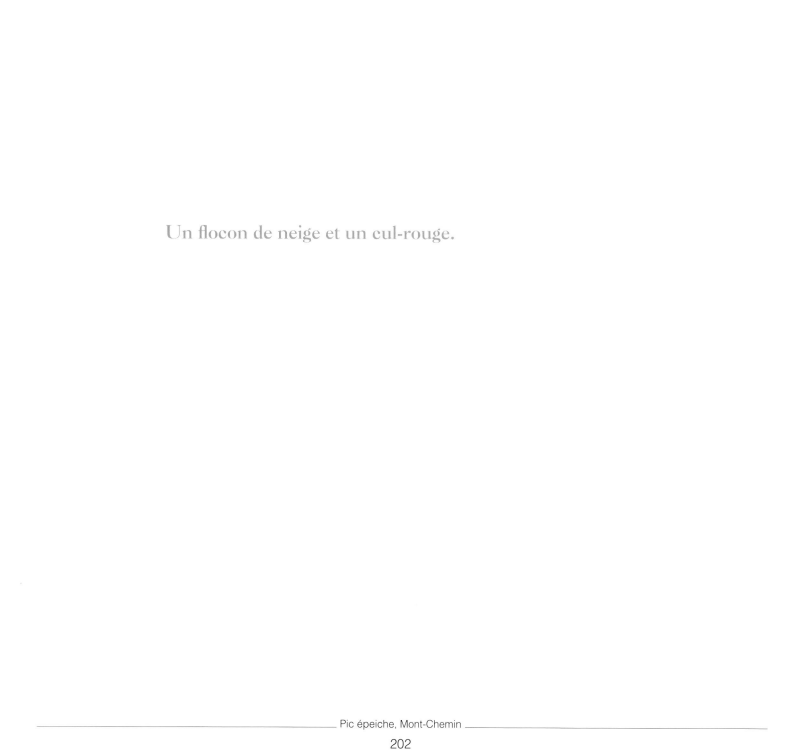

Un flocon de neige et un cul-rouge.

Pic épeiche, Mont-Chemin

L'éternel printemps des aroles.

La tête écoute,
l'arrière-train se soulève.

Chevreuil, val d'Entremont

En vacances toujours!

La danse: ils transcendent l'envol.
De la vitesse pure au retournement
sans un coup d'ailes!

Qu'y a-t-il après la vie?
L'hermine sortie de sa tombe s'interroge.

L'Océan, une île vierge.

Haut les pattes, les cornes,
les cœurs!

L'œil et l'oreille écoutent la neige.

Les chamois écrivent leur vie
dans la neige et le grand nord.

Le brouillard:
l'océan parcourt la montagne.

Ils étaient trois pèlerins
qui s'en allaient à l'aventure.

L'opération survie dans une face nord.

La royauté de l'hiver
et le côté sorcier des présences.

La magnifique gratuité des cornes.

Bouquetin, val de Bagnes

Océan et ciel:
le sorcier de l'hiver.

Il suffit d'un oiseau
pour qu'il y ait une âme.

La porcelaine de l'hiver:
le lagopède est bleu comme la neige.

Le rut, la passion,
la conversation, la danse.

La terrible douceur de l'aigle
dans le mystère de l'hiver.

Aigle royal, val de Bagnes

Chasse photographique en montagne

Chasser l'image en montagne, c'est conjuguer à tous les temps – et par tous les temps! le verbe aimer. Aimer la nature. Aimer l'effort hors des routes, au-dessus des sentiers, là où cesse le monde de l'homme et commence celui des aroles, du roc, des névés. Aimer d'abord, photographier ensuite. Sans aucun calcul. Dans le but d'accéder à des joies pures ne s'offrant pleinement qu'à ceux capables de vivre d'amour de la nature et d'eau fraîche du torrent…

Aimer signifie respecter et, pour s'insérer discrètement dans un monde où choses et bêtes l'accueillent en intrus, l'homme doit apprendre et répéter sans cesse les gestes qui lui permettent de voir sans être vu. En montagne, le chasseur d'images doit en quelque sorte «s'animaliser», acquérir ce sens du camouflage, cette perception de l'invisible et de l'inaudible qui sont les dons naturels de tout être vivant dans ce monde constamment confronté à des problèmes de survie.

Evoquant à sa manière les mystères de la montagne, ce vieux berger affirmait que «la montre et les dates, c'est bon pour ceux qui ne savent pas lire la nature». Au cours de ses pérégrinations alpestres, le chasseur d'images aura l'occasion de vérifier la sagesse de ces paroles et, à l'appel de certains signes, il se hâtera de prendre ses postes sur les hauteurs. Mais, dans le domaine de la chasse photographique, il n'existe pas de recette infaillible pour réussir de bons clichés. La montagne invite à la découverte d'un monde d'air pur et de soleil, mais aussi de froid, de brouillard, d'orages, de neige, d'avalanches et de mille imprévus. C'est le chemin d'une liberté qui sera merveilleuse ou fatale, selon l'usage qu'on en fait. Tout d'abord, il faut apprendre à dominer cette liberté, comme le font les animaux que l'on espère avoir une fois en point de mire de viseur. Le reste viendra au gré des expériences…

Le chasseur d'images propose et souvent les impondérables disposent. Lors de longues randonnées, surtout en période hivernale, l'élémentaire prudence lui commandera, dans la mesure du possible, d'indiquer à ses proches, la région dans laquelle il se rend. Solitaire en montagne, il est à la merci du moindre incident. Anodine en plaine, une simple entorse peut avoir de graves conséquences à des heures de marche de la plus proche habitation. Le problème du sac se posera dès la première sortie… et ne sera jamais résolu. En partant pour de longues marches, d'interminables affûts, le chasseur d'images devra faire face aux éléments: la pluie, les bourrasques, le froid, la neige, la nuit. Il faut tâcher alors de tout prévoir, mais aussi de pouvoir hisser sur les épaules le sac contenant l'équipement. Ici encore, l'expérience est le seul guide, mais il ne faut jamais hésiter quant à la qualité des chaussures, des vêtements ou du sac de couchage: la meilleure est de rigueur. L'appareil de photo! C'est la seule chose qu'il n'oubliera jamais. Mais à quoi servirait-il si, au moment de l'utiliser, il se trouve dans l'impossibilité de le manipuler parce qu'il n'a pas fermé l'œil de la nuit, que ses pieds sont meurtris et ne le portent plus, que l'estomac le tenaille ou qu'il tremble de froid?

La meilleure photo sera celle qui a été prise dans les conditions idéales et c'est au chasseur d'images qu'il appartient de les créer par une organisation prévoyante. La clé du succès se trouve plus dans le respect de ce postulat de base que dans la perfection des appareils. Sur ce dernier point, le conseil est gratuit, mais les nouvelles possibilités offertes par les progrès techniques, avec l'apparition notamment du numérique, dépendent des capacités financières de chacun. Il partira donc bravement avec son appareil quel qu'il soit. Ses expériences guideront son choix, au fur et à mesure. Et s'il possède quelque talent de bricoleur, ses initiatives lui ouvriront les portes de profondes satisfactions.

La chasse photographique hivernale procure des joies particulières. Elle allie le plaisir du ski à peaux de phoque à celui de la découverte, en raison des qualités physiques qu'elle exige et des risques accrus qu'elle provoque, surtout lors de grosses chutes de neige. Qu'elle aboutisse ou qu'elle échoue, toute randonnée hivernale apporte un enrichissement. Le cri guttural du lagopède gîté dans la pente, la trace du lièvre variable ourlée de cristaux, les sculptures féeriques du gel, le jeu d'un rayon de soleil à travers la brume, le nuage poudreux levé par un coup de vent, tout geste, tout bruit dans le désert blanc prennent un sens démesuré, rassurant ou inquiétant. Seul avec lui-même, dans une solitude peuplée de beautés et de dangers, le chasseur d'images apprend vite à apprécier sa chance de pouvoir cueillir à la source des joies nouvelles derrière chaque difficulté surmontée. C'est en cela peut-être, à notre époque de facilité, que réside l'attrait de la montagne en hiver.

Mais, à tout débutant, il est conseillé de commencer en bonne saison, de restreindre les objectifs, puis de progresser à petits pas, au gré des leçons apprises sur le terrain.

La chasse photographique en montagne, c'est l'évasion loin de la vie quotidienne. C'est, en quelque sorte, un duel entre l'homme et l'animal. Il suffit parfois d'un détail pour réduire à néant une longue marche d'approche ou de longues heures d'affût: une branche qui craque, une pierre qui roule, la neige qui crisse ou le vent qui se met à souffler dans une direction opposée, pour alerter un chamois, un chevreuil ou un cerf. Le prix d'une photo se calcule souvent en fatigues, en déceptions et le seul secret de la réussite, c'est la patience et la ténacité. Et, en présentant ses clichés qui sont pour lui autant de trophées, le chasseur d'images ne vise qu'à faire partager ce bouquet de joies pures ramené des hautes forêts, des éboulis et des névés.

Georges Laurent

Bavon

Bibliographie

Chasse et Pêche, plaquette d'exposition, Martigny, 1969.

Les cerfs et les chevreuils, série «Comment vivent-ils?», Payot, Lausanne, 1974.

Sur le vif, images du pays des Dranses, textes de Jacques Darbellay, La Fouly, 1974.

Saisons à vivre, textes de Jacques Darbellay, Musumeci, Aosta, 1976.

Stagioni da vivere, textes de Jacques Darbellay, traduction de Gino Nebiolo, Musumeci, Aosta, 1976.

Liddes, textes de Victor Darbellay, Victorien Darbellay et Théo Lattion, Martigny, 1993.

Les Derniers Vivants, chamois et bouquetins dans les Alpes, Slatkine, Genève, 2002.

Die letzten Nomaden der Alpen: Gämse und Steinböcke in den Alpen, Slatkine, Genève, 2002.

Des coteaux du Soleil à Derborence, textes de Roger Fellay, Sierre, 2006.

Maurice Chappaz, le marcheur au fil des mots, textes de Jacques Darbellay, Porte-Plumes, Ayer, 2006.

Impressum
Suivi d'édition: Marie-Antoinette Gorret et Jean-Henry Papilloud
Photolithographies: Espace Visuel Sàrl
Impression: Arts graphiques Schoechli, Sierre et Martigny
Reliure: Schumacher SA

Achevé d'imprimer le 11 juin 2009